아무것도 묻지 않았다

천년의시 0100

아무것도 묻지 않았다

1판 1쇄 펴낸날 2019년 9월 23일
지은이 박산하
펴낸이 이재무
책임편집 박은정
편집디자인 민성돈, 장덕진
펴낸곳 (주)천년의시작
등록번호 제301-2012-033호
등록일자 2006년 1월 10일
주소 (03132) 서울시 종로구 삼일대로32길 36 운현신화타워 502호
전화 02-723-8668
팩스 02-723-8630
홈페이지 www.poempoem.com
이메일 poemsijak@hanmail.net

박산하ⓒ, 2019, printed in Seoul, Korea

ISBN 978-89-6021-448-4
     978-89-6021-105-6 04810(세트)

값 10,000원

*본 시집은 울산문화재단 2019 책 발간지원 사업의 일환으로 발간되었습니다.

울산광역시   울산문화재단

아무것도 묻지 않았다

박 산 하   시 집

천년의
시 작

시인의 말

타인은 없다 언젠가 내 가족이요 친구다

시 또한 그러하다

다만 아직 조우遭遇하지 못했을 뿐

2019년 가을

박산하

차 례

시인의 말

제1부

벼리

밧줄이 쉰다
물을 건진 거리만큼

바다를 물고 있는
수천만 개의 작은 문
누구나 들어올 수 있지만
나갈 땐 의지대로 나갈 수 없다는 걸

문을 물어뜯는다
주둥이가 헐고 집게발 삐걱하지만
좀체 열리지 않는다
작은 문을 거느린 큰 문의 빗장
빗장을 놓으면 바다는 헛것
죽음조차 건사할 힘이 없을 때
문은 이미 문이 아닌 것
고물에 걸린 따개비 잘라내듯
수만 개의 문을 자른다

덩그러니 남은 밧줄
그 위로 불개미 한 마리, 먹이를 끌고
나선형 골목을 기어간다

다례茶禮를 올리는 밤의 높이

차 한 잔은
저쪽 강을 건넌 사람에게 건네는 연애편지다

삼십팔억 년 된 물을 끓여
사십억 년 된 흙을 구운 잔에
오천 년 된 찻잎을 우린다

차 한잔 합시다 하면
봄날, 산수유꽃 터지듯, 노란 물들듯
종달새, 내 어깨 위를 치고 날아가듯
무거운 것들이 아지랑이처럼 건너온다
몸 풀리는 소리, 가뿐하다

손바닥 안의 호수
굽어진 표정이 남아서
막힌 말이 목을 타고 내려간다
연둣빛으로 물든 내장
화한 박하가 밀고 온다

신라의 미소

턱이 부서져도 웃었다
선덕의 미소였던가
가섭의 미소였던가

영묘사 기왓골 빗물 얼굴을 적셔도 웃었다 토함산 안개
자욱한 날 푸른 잎이 떨어져 내릴 때 노송에 걸린 달을 보던
날 어느 때나 웃음으로 문을 열던 곳 처마 자락마다 생글거
리던 기둥은 주저앉고 웃음은 흙에 묻었지 천 년 지나 햇살
이 끄집어낸

신라 캡슐의 하나

죽방 멸치

바닷속에 또 하나의 길이 있다
남해 지족해협
잔잔한 물길 속에 빠르게 흐르다
좁아지는 물길
멋모르고 들어온 꼴뚜기, 금세 검은 몸 색이다
뭇 생명, 길 한번 잘못 들었다가
그물 조여지고
막다른 골목, 함정이다
아귀는 어린 것 한입에 덥석 물고
힘센 것이 입을 벌리면 힘없는 것들은
살색이 변한다
살이 녹는다
이때쯤이면 어장주
사립문을 열고 울안으로 들어간다
그들에겐 죽음만이 살길
그래,
살았을 때보다 죽어야 대접받는다
온전한 몸으로 물기를 말리고
죽음에도 격이 있다는 거
흠 없이 죽어야 한다는 거

등이 굽어도 안 되지
꼿꼿하게 죽어서 나가는 섬이 있다

붉은 소금

소금이 오는 중이다
티베트 차마고도
볼리비아 우유니
오스트리아 모짜르트
바다가 산이 되는
고갯길 너머로 명줄이 이어진다

소금은 의자였다
바다 쪽으로 기운 책상은 아니었다
바다가 보이는 창가로 소금이 온다
각이 서거나 꽃이 피거나
붉을수록 소금은 가파르다
소금을 녹인
이디야커피 투썸플레이스 너머 파스쿠찌를 마시고 베네
치아로 간다
두리모텔 나폴리, 시드니를 돌아
수로를 휘저으며 파라다이스로 간다
심지어
바다가 보이지 않는 책상 아래 짙은 그림자 발목까지
절벽을 기어오르는 중

오래된 기억

허물어진 제방, 잘라보니 바싹 마른 구름떡
낙엽 진 자작나무 숲 하나 들었다

말랑한 구름만으론 싱거웠을까
싱싱한 자작나무와 조개껍질을 버무린 둑
한번 담았던 물 다시 담으면
언제든 촉촉이 살아날 것 같은 추억을 담고 있다

하늘을 잔잔하게 담던 수면
바람이 잦아들고
그 물의 코로 빠져나간 허방의 좌표
물결 일그러지자
구름 뼈대도 없이 허물어지고
찰방찰방 물이 차오를 때
제 몸 천 배나 불려 보듬었던 몸
지독히 가물 땐 하얀 울음 가루 흘러내렸지

그 물길 여전히 흐르지만 이제 머무르지 않는다

배가 굽은

저승길보다 멀지 모른다
이 건널목
배가 굽은 노인
앞서가려는 손수레
중앙선 지나자 신호등에 들어오는
숫자 사라지고
죽 한 솥 엎질러 버린 듯

수레 가벼워지고 휘어 도는 공기
번쩍, 노란별 뜨고
하늘 향해 공중 길을 간다
차선이 사라지고
모아빌딩 지나 성형외과를 스쳐
기쁨교회 첨탑이 노을에 물들 쯤
전깃줄에 앉은 음표 같은 까마귀들
반백 년 전 가마 타고 시집오던 날
노심초사 친정아버지
행여 가마에서 오줌 쌀까
구운 은행 입에 넣어주듯
부리로 약을 찍어 노인에게 먹인다

목화솜에 쪽물 번지듯

폭신한 길

얼마나 가고팠던 길이었나

단테

단테가 없어도 단테의 집이다
말을 매었던 고리
오늘은 기꺼이 말을 끈다
말고삐를 잡는 순간, 말이 난다
유니콘이 된 말
어느덧 베아트리체가 길을 이끈다
미켈란젤로 동상을 지나고
산타마리아 델 피오레 대성당 종탑을 지나
리알토 다리를 건넌다
산마르코 광장 가로질러 카사노바가 놀던 야외 카페
앗, 말고삐를 놓아버린다
빛의 강물, 생생한 불꽃이 기다리는 엠피레오
언젠가 가겠지
주인이 없어도 궤적은 있는 법
바닥에 그려진 단테, 사람들 밟고 나도 밟는다
발바닥에서 올라오는 떨림,
쩌릿쩌릿한 길을 타고 뇌수에 안착한다
천국을 다녀온 단테의 얼굴
핍박받고
사랑하면 태양 그 너머도 드나들겠지

시뇨리아 광장 지나 산타크로체 성당 앞

휘날리는 망토, 응시하는 눈

언제나 같은 자세로 기다리는 단테

저 자세가 되기까지 얼마나 많은 바람을 탔을까

칠 박 팔 일 동안 천국, 지옥을 오가며

일만 사천이백삼십삼 행의 시를 썼다

단테가 걸었던 길, 볼로냐

길가 풀잎

너도밤나무 잎사귀

회랑의 기둥

우뇌가 떨리고 동공이 커지는 그런

삼강주막

긴 팔에 강을 키운 사공 김 씨
강단 있는 팔뚝
강바람에 작아진 눈
손등엔 푸른 물줄기가 새겨지고
사공 없인 건너지 못하는 강이지만
그는 제 이름 한 번 듣지 못한 세월을 살았다
사공의 술값은 짧은 세로줄 하나
빗금 같은 세로줄에 가로줄 하나 겹치면 한 계절이 갔다
세로줄에 가로줄이 영영 겹치지 않으면
그는 이 세상 사람이 아니었다

글자를 모르는 게 차라리 다행이다
부지깽이 하나로 죽죽 그어놓은 흙벽 외상 장부
장부의 기억법은 그녀만의 비밀 회로
키 큰 남정네는 길고 엷게 세로금을 긋고
키 작은 두꺼비 손등은 깊게 세로금을 새겼지

십여 년 전, 주모는 가고 없고
깊게 새긴 김 씨 외상 장부
봉인된 채 바람이 지워간다

고래막

크레바스
헛배가 부르다
배를 가른다
생수병이 구겨져 있다
유통기한 2020. 9. 신라면 봉지
이디야 테이크아웃 컵 빨대
해파리처럼 떠다닌 것들

이곳의 황금은 더 이상 노랗지 않다
무엇으로도 가릴 수 없는 내 안의 방
찢겨진 나뭇잎 사이로 들어온 빛
빛에 글자를 새기고
세상을 손톱 안에 구겨 넣고
사방 벽을 긁어보지만
바스락거리는 빛만 부딪힐 뿐

크레바스 점점 깊어지고
언제 찢어질지 모를
눈의 아픈 이력
노랗게 혼곤하다

겨울 늪

한때를 묵힐 줄 안다
온몸 뻗치던 푸른 열기
이제 함구할 줄도 안다
신이 나 뻥을 쳐도 웃던 걸
삐끗거리면 절벽을 만난 물이 된다
벼랑으로 떨어진다면 이야기는 비극
떨어진 물방울은 깨어지거나 함몰이다

한여름 가슴으로 분열하던 자라풀
뻗쳐오르던 세모고랭이
땅을 넓히기 바쁜 수초들 납작 엎드리고
갈대 대궁만 수면 위
제 그림자를 그리는 수묵화
아랫도리 훤히 드러낸 왕버들
자디잘게 쪼갠 여린 가지가
햇살 옷을 입힌다

풀색이 더 이상 빛을 받아들이지 않는
늪에도 방문객이 온다
우랄산맥을 넘어 온 방문객이 빙판을 톡톡 두드린다

툰드라 거위 털에 묻어온 한기 부려보지만
물과 얼음의 경계에서
입과 입을 맞댄 심장의 온기
그쪽이나 이쪽이나 춥기는 매한가지

폼페이, 그날 이후

숨결 있는 것들, 공간만 남겼다
공간이 웅크린다
울부짖는다
오그라든다
코를 막는다
가는 목소리로 멈춘
비명을 지르기엔 너무 긴 시간
그냥
유곽 벽화에 정지된
짜릿한 소리가 남겨진

화단, 제단, 유곽, 포도주 항아리, 수렛길
그래
공간은
공평이다
평온이다 아니
긴 잠이다

공간의 질료를 채워본다
사람과 새와 개

원형극장 한 모퉁이
푸니쿨리푸니쿨라
긴 잠을 어루만진다

SNS

손가락 하나 까딱하자 토끼가 뛰었다
토끼 뛰자 푸들 짖는다
푸들 짖자 말 달린다
말 달리자 사람 뛴다
사람은 구름이 되었다
검었다가 붉었다가 급하게 뭉쳐지는 구름
뭉칠수록 생각은 단단하다
공유한 구름은 동사로 산다
구름이 신화를 해체하고
신화는 구름을 만들기도 한다
햇빛을 볼 수 있는 눈을 가졌다면
푸조나무 잎사귀처럼 햇빛을 고루 나눠 가진다
배가 굽은 노인이 폐지를 모아 장학금을 위해
육 차선 도로를 건너간다
그림자를 지운다
벽이 얇아진다
미완성 새알이다
자주 누르면 공룡알이 쏟아지기도 한다

빛을 받든 여인

전등사 처마 밑
두 팔, 양 볼에 대고 쪼그려 앉은 그녀
하늘 받든 추녀 아래
눈바람, 미세먼지가 무수히 몰아치지만
무릎 구부린 채 그 자리 떠나지 못한다
팔을 구부릴수록 입술은 뜨거워지고
다리 모을수록 꽃자리 단단하다
실오라기 하나 두르지 못한 맨몸
구부린다는 건 떠받드는 일이다
복종한다는 말이다
하지만
그녀라고 왜 할 말 없으랴
나에게 의자를 다오
아니면
죽음을 다오

멜리타

향기를 잡기 위해 시계 방향으로 샤워를 한다
거품을 일으켜 대여섯 번 문지른다
시작은 부드럽게 갈수록 격해진다는 건
고른 사랑을 나눈다는 것
향이 딸려 나오고
입술에 닿을 때
여인의 눈동자 어른거린다
에티오피아 밀림 가지 꺾는 소리
볼 익은 아기를 업고
비탈을 오르내리는 여자
빨간 몸이 되기까지
가슴 맞대고 견뎌낸
채찍과 복종이 만든 알갱이
태양에 맞선 피부 연둣빛 속살
불길을 건너온 향, 까맣게 혼곤하다
깊은 향을 마시면
쓴맛인가 싶다가도 신맛이 나고
단맛, 혀를 감치곤 하지
최면에 스르륵 문 여는 까칠한 여자

제2부

사과밭에 고양이가 산다

달이 할퀴어져 있다
사과나무 사이사이 나뭇잎을 흔들던
바람도 생채기 나있다
바람도 달빛도 생채기가 나있어서 맛있다
얼음골 사과를 먹을 때는 혀를 조심하라
달콤한 과육 속에 고양이 발톱이 자란다는 걸
주변의 것들을 생채기 낸다
바람이 휜다
비가 꺾여서 온다
소쩍새 울음도 젖어서 온다
매섭게 공중을 갉아대는 소리
생채기 난 달빛이 달무리 져 내린다
가지는 가지끼리
뿌리는 뿌리끼리 깍지를 낀다
달도 제 몸 오그려 등이 휜다
과육마다 굽은 달빛이 내려앉아
폭양에 익은 살들
밤새 꿀이 되기까지
별빛이 얼어서 당도한다
고양이 발톱을 삼킨 사과
향기가 뾰족하다

금목서金木犀

  석간수처럼 담담한 또는 시원한 폭포수 같은 때론 여름날
의 채송화같이 쩨쩨한 물풀만 건드려도 입 나온 붕어같이 노
련한 얼굴보다 그때그때 속 얼비치는 악어같이 웃어도 웃지
않는 얼굴보다 웃어야 할 때 웃어줄 줄 아는 연꽃 같은 맑은
얼굴. 녹차 마신 후 입안의 향, 맴돌다 구겨진 장부 골고루
펴줄 때. 팬지같이 늘 생글거리는 늦가을 깊은 햇살 타고 쏟
아내는 농밀한 암향. 외줄 타기 하듯 비천하듯 진양조로 번
져오는 그가 이렇게 맛이 있어도 되나 이렇게 배가 불러도
되나 하지만 그 향기 속에 뿔 하나 들었지 고집 하나 들었지

사과가 되어

농막 하나 지었다
단순하게 살고 싶었다
불편을 즐긴다
방 하나에 책상 하나

즐길 줄 안다면 놀 줄 안다는 일
꼬물거리는 벌레의 보폭으로
사방 초록 커튼인 마당에서 별을 안고 잔다는 거

대문 없는
뒷산 저수지
울타리 없는
앞 냇물
사과 마을에서
사과처럼 살아간다는 거

트라이앵글 사과나무

봄볕 두꺼워지자 꽃과 꽃이 섬광을 주고받는다
꽃은 수정하는 무게로
비탈에 선 몸을 당겨 밑변을 놓고
빗금으로 내리치는 비, 화살이 된다
가슴을 연다
맞을수록 튀어 오르고 싶은 가뿐함
상처는 꼭짓점을 찍고
아니, 단단히 찍고 말았다
무수히 밑변을 놓으려는 열매의 섬광
열에 둘만 남고
남은 그들이 끌어당긴 무게,
내 밑변을 굳히려 하지만 꼭짓점은 끝없이 상승한다

바람은 옷을 벗기고
난 밑변과 꼭짓점 사이 날리는 옷가지를 움켜쥔다
열매가 붉어질수록 밑변이 단단하다
붉은 밑변의 굵기로 끌어당긴 유혹
꼭짓점은 어떻게 견뎌낼까

버릴 것 다 버린 투명한 겨울

한번 올라간 어깨, 내려오지 못하고

엷은 햇살 오라기 따라

빈 가지 속에 트라이앵글로 굳어진 겨울 사과나무

세 발 고양이

어둠이 꽉 찬 절간, 매화나무 아래
소리로 먼저 다가와
바짓가랑이 사이로 파고든다
머리를 쓰다듬자 몸을 둥글게 만다
설움 같은 게 만져진다
수염을 만져도 그저 파고들기만 한다
발톱 같은 건 다 닳아 없어진 듯
뒷다리 하나가 없는 고양이
내내 따라다니며 어둠을 쫓는다

세 발로 서기까지
깨금발 뛰며 통증을 삭였을 것이다
한 다리의 무게만큼 몸에서 떼어내야 할 통각痛覺
그깟, 다리 하나 없는 것쯤이야
다리 둘 가진 짐승도 있는데 하나가 더 있다는 듯
절간을 어슬렁거리기만 해도
독한 마음 스르르 풀린다
쥐었다 놓아버린 고래 지느러미같이
채우기보다 한 귀 비워 두는
빈 그릇의 충만을 생각한다

어둠 차츰 옅어지고 나무가 나무로 보일 때쯤
적막을 흔들며 사라지는 고양이
공밥은 먹지 않는다는 몸짓이다

소쩍

농밀한 밤,
어둠을 여는 소리
창가에 귀를 대면
소리는 있되, 얼굴이 없는
가늘고 가는 길 열어
문 두드리는 봄
휑한 가슴에
칼금 하나 쭈욱 긋고
달아나는 밤

사과의 눈물

달콤해서 좋았다
먹을수록
가시가 빼곡하다
회오리친다
붉은 혀가 자랐다
사기당한
입술의 한 토막
밍밍해져 갈 때
캭, 침을 뱉었다
목구멍에서
시커먼 송충이 한 마리
튀어나왔다

불통을 건너기

마을회관 지나 사과밭 가는 길
대문 없는 마당, 눈만 빼꼼한 강아지
뭉친 털이 낡은 앙고라 스웨터 같다
손자가 키우다
시골집으로 떠밀려 온 것인가
노숙자 누더기를 걸친 듯
기척이 날 때마다
캉캉, 존재를 알리건만
골목으로 빠져나온 소리는
사과나무 가지 속으로 흩어질 뿐
사랑이 빠진 버석거리는 소리다
따뜻한 방을 뛰놀던 때가 있었을 것이다
살살 녹는 간식을 먹었을 것이다
때때옷을 입고 공원을 누볐을 것이다
꾸미던 날이 가고
방 밖으로 던져진 노숙자
아니면 자연을 방목한 순례자
도시와 시골, 어느 삶이 좋으냐고 물어보지만
끙끙……

겨울 판화

서릿발 뽀드득거리는 들길 지나
산중 얼음 호수
겨울이 깊어갈수록 두꺼워지는 얼음
한쪽 여울로 흐르던 물길조차 좁아진다
물길 끊긴 얼음 지붕
된소리가 바람구멍으로 새어 나온다

터지는 소리
녹는 소리
깜깜한 방
강철 같은 천장
얼어붙은 벽

종내 물이 될 때
불어줄 한 방
입김이 있기에 기다릴 줄 안다
언젠가 캉캉의 무대를 꿈꾸며
킥킥 하이킥

호박소

단단한 가슴
마음 하나 내리면 말랑해지는 심연
비를 품고
바람을 품고
짐승 소리를 품어 한 번에 뛰어내리면
억센 짐승이 길들여질까
얼마나 품고 품어야 저리 둥글어질까
울퉁불퉁 아린 가슴
낮은 곳으로 낮은 곳으로만
보듬은 물의 자상刺傷

소리의 쓰임새

별이 안긴다

누워서 듣는 비단개구리 소리

낮은 내가 걷지 않은 길

비단 오라기 스치듯 우는 진폭 사이

풀벌레가 사방연속무늬를 엮고

고양이 소리가 울타리를 친다

건네받은 소리가 우듬지에 머문다

야옹 소리 한 무더기 지나가자 울음이 겹을 친다

단잠을 깨워주는 저 충직

베트남 며느리가 멋모르고 떠밀리어 일어나야 하는 밤

얼굴 모르는 할배의 젯밥을 고봉으로 담으라는 메시지

화를 치며 밤을 지킨 농밀함으로 들어간다

구멍 난 잎사귀 사이로 별이 지나갈 때

소리를 잡아내는 촉

마을회관 뒷길로

늦은 귀갓길 고무신 끄는 소리에 컹, 커엉, 컹컹

소리의 각도마다 귀를 구부려

사과밭을 지키는 소리, 소리의 그물망

불새가

사과나무를 태운다

사과를 그리며 난롯불을 지핀다

갈라진 틈새로 선홍 불이 파고든다

몸 부풀고 금이 간다

수액을 짠다

사과를 갉아 먹던 새

둥치를 태우자 불새 한 마리 튀어나온다

홰치는 새

부리가 발갛다

날개도 발가락도 붉은 몸

간혹 푸른 깃털이 얼비치기도 한다

맘껏 날갯짓이다

사과가 되지 못한 몸

파도를 탄다

겹겹 파도

파동은 파동을 밀고

문이란 문 다 열고

홰를 치던 불새,

새가 나온 사과나무의 몸은

결이 잘 펴진 흑장미 한 송이 피어나고

원 없이 타던 몸
불새가 되었다
장미가 되었다가

때

여름 사과 몇 그루 솜사탕 부풀듯
볼이 발갛다
바람 닷 되
소낙비 서 말
고양이 발톱 한 움큼
소쩍새 울음 두 홉
안개 한 무더기
불화살 같은 폭양에 제 몸 익혔다

낼모레 따야지 마음먹은 날
오늘 비가 온다
참을 수 없는 땅의 악력
볼 발개진 사과
제 몸 겨워
공중에서 파破, 웃고 만다

일몰

빛이 물속으로 떨어질 때 감당하지 못할 양, 바다는 부풀고 시간의 알맹이로 모은 빛, 시간의 높낮이가 바다를 들썩인다 콧잔등 맺히는 땀, 햇살 쏟아부을 때 바다는 웃고 폭양도 잠시, 내일 또 내일 언제나 목까지 올라오다 새어버리는 웃음 다 자란 미역 사이로 희미하게 흘러드는 빛 찡그리는 비 사이로 떨어지는 비의 옷을 입고 떨어지는 시간 추락하는 빛 우산도 없이 신호도 없이 문득 밀고 들어오는 빛 모래톱에 소나기 오듯 사라지는 빛 물 알갱이마다 색이 꺾이지 않을 때 무지개가 아닌 음영이 사라져가는 따뜻하게 웃어주지 못한 깜깜한, 예고도 없이 버캐만 남은 푸른빛

제3부

연비어약鳶飛魚躍

태화강에서 뛰어오르는 물고기 공중은 아득한 절벽, 싸움에 밀렸거나 외도를 하거나 한동안 기분 좋은 일탈, 단테의 천국이다 방탄소년이다 입이 바싹 마른 잉어다 햇살이 그린 크로키다 어탁이다 하나 더 뛰어오르면 아유타국의 쌍어다 줄타기다

저 힘, 뛰어오를 수밖에 없는 절박

물가 외발로 선 재두루미
눈동자는 남산을 쳐다보고
귀는 수면에 닿아있다
수면 한 귀 일그러지자
뛰어 오르는 물고기와 두루미의 비릿한 접점

폐곡선으로 돌아온 뚫린 공중이 첨벙

초록 비

태화강 십리대밭 속을 걸으면
내 몸은 초록
대와 대 사이 초록 가시
몸에 돋는다

분광된 초록
강물에 번지고
강바람이 대숲을 밀자
우우우 빗소리

따개비

길이 되어줍니다

구둣발로 머릴 밟고 가지만

혀로 부드럽게 낚아챕니다

기다림이 쌓은 성곽이랍니다

암각화에서 춤을

칠천 년 전 책을 펼친 바위
범접하지 못할 저 벼랑
바위에 새긴 마음을 알겠다
북소리 높아지고 사람들 춤을 출 때
바위 속 사나이 성큼 걸어 나온다
실오라기 하나 걸치지 않은 사내
온몸 떨며 나팔을 불면
돌아쳐 나오는 바위 결 칠천 년 울림
귀신고래가 뛰어오른다
범고래가 귀를 연다
아기 고래 엄마 등에 업혀 세상을 본다

컴퓨터, 카메라가 없어도
늘 펼쳐 보여 주는 책
만년책인 줄 알겠다
암각화 앞에서 음악회를 하고
제의를 한다
쿵쿵 리듬을 맞춰주는 그때의 사나이들
암각화는 고장이 없다
언제나 화보다
하지만 고래의 눈 코 입이 흐릿해져 간다

전복구이

정자 바닷가 해녀의 집에서 연탄 석쇠 위에 등을 지진다 속을 찔러대는 열기에 아악, 악 신음을 낸다 멈추지 않는 불기운, 허리를 튼다 온몸 비틀어 죽어가는 저, 저 어디서 많이 본 듯한 문득, 죽어가는 것을 즐기며 이렇게 소주를 마셔야 하나 수족관 유리 벽에 몸 매달았으나 환히 보이는 생, 짠물이 식탁 위에 놓이고 시린 정은 화덕으로 따스한데 도시의 열섬에서 나의 뇌수가 익고 있다

슬도에서

거문고를 뜯는 소리라니
항아리 닮은 포구에서
곰보바위 속에 차있던 물이
목구멍 사이로 빠져나올 때
그 울림이 거문고 소리로 들린다는데
내 귀에는 거문고 소리 들리지 않는다

해당화 돈나무가 꽃을 피운 슬도 입구
풀들은 휘어지다 다시 서고
바위틈에 굽을 대로 굽은 해송 한 그루
바다를 빤히 본다
물이 빠져나가는 소리, 한 방울 한 방울
때론 빠르고 격하게
때론 느리고 보드라운
바다가 게워낸 울음 속에는
으스러지는 빙하의 울음
소화 못 한 고래의 눈물
물질하는 해녀의 숨소리
선박을 만드는 노동의 땀이
곰보바위 속에 잠시 머물다
빠져나갈 뿐이다

삼호대숲에 백로가

아무 일 없을 것 같은 정갈한 왕대밭
강물이 달빛을 받아들이는 밤
대숲은 북새통이다
종을 잇기 위한 몸부림
한쪽이 좋고 한쪽이 싫어도
끽끽 소리가 난다
이쪽저쪽 다 좋아도 소리가 나는 법
후끈한 열기로 숲을 데운다
대숲이 들썩거리고
피 튀기는 밤이 지난 자리
초록 깃털 한 뭉치

늦은 봄,
대숲은 한동안 부풀었다 홀쭉하다

산성마을에 가면

공단이 들어서자
집은 철거되고 논밭이 남았지요
전답도 식군데 떠메고 갈 수 없지요
인근 밭두렁에 집을 지었지요
무허가 옆에 흙벽으로
경로당도 한 칸 지었습니다
떠나지 못한 사람끼리 서로 온기를 넣으며
하루씩 불 당번을 서지요
마을 저수지도 야윈 몸으로
심드렁히 졸고 있습니다
산 너머 있던 공단이 호시탐탐 넘어옵니다
저수지 옆구리에 철 구조물이 쌓여 가고
허리 찔린 저수지는 목이 말라갑니다
공장 굴뚝에서 올라오는 연기에 담이 끓습니다
밤마다 보여 주는 불 쇼에 배나무가 웃자라지요
철 이른 배가 거뭇거뭇 떨어집니다
복실이가 대문입니다
한두 해 살다 나갈 줄 알았습니다
30년 섬이 될 줄 몰랐습니다

베네치아에서

말뚝이 자라 섬이 된 곳
골목은 언제나 물길
물이 주는 안온
흔들어주는 결 따라 물과 몸은 하나
찰랑대는 파도
말뚝 하나가 섬을 움켜쥐고 바다를 민다
도심에서 분리된 점령
모든 것 아닌 내 것
말뚝은 바다도 소유할 수 있다는 거
이 섬은 말뚝으로 말하지
사선으로 치장한 말뚝이 부를 말해 주듯
말뚝은 말뚝을 부여잡고
산마르코 광장이 말뚝 하나로 편안하다는 거
물길은 안방까지 내통한다
현관은 물낯으로 환하고
쪽빛 물결에 마음 맡기는 곳

언제였던가
다른 말이 말뚝에 묶여 있을 때
물길은 역류했겠지

방도리

이제 바다는 그들을 부르지 않는다 동백은 섬에 유폐되고 해변의 사람들 원기둥 탱크에 밀려 하나둘 시내로 떠났다 어부가를 부르던 사람들아 지금은 어디서 노동가를 부르나 호미질 멈춘 땅, 고삽길 지우더니 성곽처럼 높은 담, 그 안에서 문명 이기 찍어내겠지 사람 떠나니 처용금속 공장만 녹처럼 남았다 열사흘 달밤 은박처럼 구겨지는 바다, 뒷집 해선이와 뱃놀이하던 영목이 성대 친구들은 어디로 갔나 파이프라인이 바다를 가른다 맨발로 뛰어놀던 불*은 또 어디로 사라졌을까 언덕 흙살 찍히고 파여 숨이 가쁜데 마을 앞 동백섬은 저 혼자 외로운지 자고 나면 가위눌리는 바다 파이프라인 원기둥 탱크 누워있는 해변. 공장 뒷담 따라 철조망 너머 동백섬 하나 숨 가쁘게 살 뿐

달빛 따라 바다로 나간 사람들
둥둥 떠다닌 것들은 그물로 다 잡았지

* 불: 모래사장.

문고리에 새기다

지문 하나씩 새겨져
헐거워진 문

지문이 낯설다
뱀을 본 듯 싸한
지문 하나
하마터면
등을 칠 뻔했다
문고리를 물고 있는 도깨비
눈 부릅뜨고 이빨 드러내지만
손가락무늬 하나 당해 내지 못한다

쌍기문, 와상문이 드나들 때마다
등짝에 뻐꾸기 소리 박힌다
돌담 사이 소소리바람 지나고
지문 하나 남는다
집이 곧 내가 되는 문고리
문고리 다 닳기 전에 등이 가렵다

노래미와 갈매기

낚싯바늘을 물고 있는 노래미, 갈매기가 낚아챈다
노래미를 꾸역꾸역 목구멍 안으로 밀어 넣는 갈매기
낚싯바늘 혀 사이에 낀다
마지막 힘을 목구멍에다 줄 때
혀는 뚝!

날개를 당겨 부러진 혀를 어루만지는 갈매기
식지 않는 핫한 혀, 홰를 쳐서 식혀 보지만
높아가는 신열 핑그르르 도는 지축 버둥거릴수록 갈라지
는 눈
깃털이 몸통에서 떨어진다
주고받던 말들이 엉긴다
마파람에 감기는 실눈, 입에서 튀어 나간 노래미를 물끄
러미 본다
먹이사슬이 교란된다
다리 접어 비상하던 바다, 단호히 문을 닫는다

몸통 하나 기댈 수 없는 만 길 벼랑의 바다
외칠수록 사라지는 갈매기
어제 기울던 술잔 유물이 된다

안개 가득한 바다

삼각파도 속으로 숨어든 갈매기 날갯짓 멈추고

차곡차곡 물어다 준 노래미

만장 억장의 장부가 터진다

부처 되기

석공이 모난 돌을 살린다

귀는 크게 열고

손바닥 펴고

미소를 하고

옷자락 다소곳

앉을자리 앉으면 된다

제4부

묵모란

─평요고성에서

옛것이 그대로 정지한 골목
고성 안에 짐을 풀고 먼지를 걷어낸다
고관이 머물렀을 것 같은 방
널판에 보료를 깐 침대
늦가을 찬기가 몸 온기를 덜어간다
뼈마디를 툭툭 걷어찬 침대 모서리
굴뚝 연기가 나지 않는 방
아궁이는 축축하고
땔감은 떨어졌다
그와 함께 나눠도 식어버린 밤
고드름처럼 자라고
까맣게 얼리거나 하얗게 태워야 했다
등 휘어진 잠
바위 곁 모란은
해가 떠도 향을 열지 않고
컬러사진을 찍어도 묵모란이다
조식으로 나온 빵이 솜뭉치다

아무것도 묻지 않았다

아들의 동반이 되어가는 며느리
딸이 없으니 딸보다 예쁜데
처음 인사하러 올 때
어디 사는 것 외는 아무것도 몰랐다
아들이 좋아한다는데
사소한 이야기는 묻지 않았다
그냥 그 모습
눈 맑은 아가씨가 내 가족이
된다는데 그저 고마울 따름이다
행여 가슴에 금이 갈까
아무것도 묻지 않았다
신접살림, 서너 달 지나
며느리 전화를 했다

— 어머님, 고맙습니다
— 저에 대해 아무것도 묻지 않아서

서시西施

찡그려도 좋아
울어도 좋아
왼뺨 밥풀이 붙어도 좋아
오른뺨 진흙 묻어도 좋아 좋아
나막신 또각또각
비틀거려도 춤이 되는
호숫가를 거닐면 수면에 비친 얼굴
물고기도 지느러미 운동 잊었지 기절했지
살랑살랑
막대에 묶은
비단 빨래 물결에 드리우면
수양버들 그늘이 빨래를 해주었다
제 의지대로 갈 수 없는 몸
예쁜 얼굴도 제 뜻이 아니었다
범려도 부차도 불쑥 나타난
하지만
언제나 일곱 살
뭘 해도 예쁜 외손녀

부부

문과 문틀,

처음에는 빡빡해서 잘 맞지 않았다

몇 년이 지나자 그런대로 아귀가 맞았다

삐걱거릴 때도 많았지만

문을 당겨 바람을 막았다

돌쩌귀가 잡는 문, 수평이어야 한다

문이 튀어 오르면 문틀은 잡을 수 없다

아이가 자라 식구가 늘자

문틀은 낡아 기우뚱하다

조그만 바람에도 끽끽거린다

틀은 틀대로

문은 문대로

다른 소리가 난다

굽고 뒤틀려 굳어버린 문

문짝을 버려야 하나

문틀을 새로 짜야 하나

아들 장가가는 날

서해 끝자락, 인천으로 날아간 홀씨
한 톨 씨앗이 대지에 녹아 분신 하나 분리되었다

비바람에도 잘 자랐다
서른여섯 해
대지를 만나 꽃길을 간다
언제부턴가 서로에게 다홍빛 목소리가 들리듯
오래전부터 그렇게 되기로 정해진 것처럼

부어 주는 술이 어찌 그리 달큰한가
두 손 모아 건네주는 술 일렁인다
한 잔 술에 목울대가 뜨겁다
제 밥은 제가 찾아 먹겠다는

모란 진자주색으로 벙그는 날

Cielo

라면을 먹어도 애인은 있어야 한다
그동안 스쳐 간 애인 여럿 있었지
애인은 약간의 티끌이 묻어도 찡그렸다
누군가 난데없이 금을 주욱 긋고 달아나도
닦아주고 흉터 메웠다
팩을 하고 헤어무스를 발라 광도 냈다
은비둘기색의 날렵한 몸 감색 슈트
살짝 발가락만 얹어도 몸을 떨었다
즐겨 넘었던 정자 고갯길
제 성에 못 이겨 핑그르르 돌기도 했다
하지만
비 오는 바닷가 부서지는 파도에 노래를 들려주었지

나의 애인, 아프지 않는 한 더불어 살아야 하지만
건장할 때 좋지 헉헉거리고 날숨 가빠지면
괜히 마음의 변곡점이 온다
뇌수술 한번 하자 이웃한 장기들
연신 병원에 왔다 갔다 한다
의사가 제안을 한다 어디 여행을 보내자고
뜨거운 중동으로 보냈다

모래찜질하며 맘껏 뒹굴 애인

그래도

살아있는 게 나을 것 같다며 그를 보냈다

다래 덩굴 아래서

너덜겅 아래 물 흐르고
너덜겅 위 육탈한 낙엽 쌓이고
낙엽 위로 누워 본 초록 궁륭
천장에 매달린 장식은
어치 한 마리
먹이 찾아 나선 빈 둥지만 달랑
숲속,
얼굴 숨기고 두 음절로 유혹하는 새
떡갈 잎사귀 심벌즈 삼아
생각 따라 들려준다
어쩔거나 어쩔거나
홀랑 벗고 자빠졌네
카카카칵 카카카칵
팔월 염천
잎새 열고 들어온 햇살이 유일한 침입자
내 눈을 찌른다
잠시 누워 신선의 집을 엿본 죄
새가 될 뻔하였네

능소화

팔월 불볕 달군 몸

뇌쇄시킬 정염 피워 내고

바라만 봐도

다 타버릴 사랑

화색에 취해 덥석덥석 안았다간

색맹이 되지

요절하는 한 생의 열꽃

뚝, 뚝,

그린네일아트

손끝에 모아진 파도의 간
파란이 겹쳐진 색일까
저 손톱이 될 때까지
빈 병이 수도 없이 쓰러졌을 거야

비단벌레 파닥거리는 손끝
황소 눈
치켜세운 속눈썹
항아리 허리
푸른 병 하나 쓰러질 때마다
빈 가슴에 청새치 한 마리 구겨 넣는다

간이 밴 햇살이 자분거리는 골목
떼를 찢고 나온
갈매기라도 한 마리 잡았으면
철새 하나 떠날 때마다 물비린내
여자는 한곳에 오래 머무르지 않을 거야
문바람을 거친 용오름

바다가 불쑥 나타나 손을 잡아끌겠지

항구를 옆구리에 낀
감포에 가면 푸른색이 궁금해진다

불매 불매 불매야

할아버지는 손자를 얼렀다
돌이 갓 지난 아이
두 팔을 잡고 좌우로 움직였다

― 불매 불매 불매야 이 불매가 누 불매고

다리에 힘 올리는 운동 시켰다
그 불매 소리, 쇠부리축제에 와서 알았다
토철에서 쇠를 부려내는 고단한 점일
용광로에 불이 꺼지지 않도록
풀무질을 했던 불매꾼의 노동
다리에 힘을 올려야 밥이 된다
그 다릿발의 힘
막 걸음마 하는 손자에게 실어주고자 했다
온전히 다리의 힘으로 화력을 올려
초롱 구멍 뚫기까지
불매 불매 불매야 우리 여덟 불매야
불매꾼의 애잔한 선소리가
아스라이 손자의 할아버지 음성으로 겹친다

활주

통도사 대웅전, 천년토록
등 기대어 받쳐준 기둥 하나
네 기둥 대들보 얹어
비바람 막았으나
바람벽 성성한 집
어간문 닫아놓고
옆문으로 드나드는 집
금강 계단 올려다보는
고래 같은 배 속에는
늘 허기가 가득
산바람 골바람 휘몰아칠 때마다
늘 잡아주는 팔
고요히 뽐내지 않는
숨은 듯 살아있는 기둥 하나

서울역

힘차게 달려왔을 말들의 소리
말에서 내린 개미의 행렬
점점이 모여 점점이 흩어진다
몸피보다 큰 짐을 밀며
지하로 지상으로 가는 개미
저 많은 길들을 인지하는 게 놀랍다

모두 떠난 밤
곡옥처럼 누운 한 마리
새벽은 역의 생살이 보인다
어디론가 떠나려고 왔으나 떠나지 못하는 개미
여기 오면 언젠가 떠날 수 있을 것 같았고
누군가 만날 것 같지만
한 발짝도 디딜 수 없는 허방
꽃마리처럼 오그라드는 몸
파발마가 뛰어와 멈춘 곳
개미의 삶도 한때는 가파르게 달렸으리라

역, 하면 생의 이력이 쏟아진다
느릿하게 또는 빠르게 흐르는 여울 한쪽

등 보이며 섬이 된 개미
미동은 하되 생각이 정지된 늪
난생으로 돌아가기 위한 뒤척거림
얼이 없는 신체로 돌아가
잠시, 쉬는 개미
역의 미세한 한 점이 되었다

트로이 목마

노을을 뚫고 불쑥 튀어나올 것 같은
에게해
목마의 위용만 보다가
목마의 껍데기만 보다가
내장이 튀어나올 줄 몰랐지
껍데기로 유혹하고
껍데기에 유혹당하지
트로이에 가서 트로이가 망한 이유를

그가 살아났다지
빚을 타고 안방까지 쳐들어왔다
19금을 도금한 목마를 타고 오거나
시를 타고 온다
그러니까 껍데기가 찬란한
안부를 믿으면 안 돼
트로이에 멀거니 서있던 목마
한 번 더 승리의 기회가 왔다

비극적 세계 인식과 소리들의 세상

황정산(시인, 문학평론가)

1. 들어가며

시인이 세상을 대하는 방식에는 여러 가지가 있다. 시인의 따뜻한 눈으로 세상의 어둠을 뛰어넘는 사랑의 존재를 믿고 그것의 실현을 예감하는 방식이 있다. 그것을 낙관적 세계 인식이라고 이름 붙일 수 있다. 하늘과 자연의 목소리를 대변하고 신의 가치를 전파하는 과거의 시인들은 바로 이런 세계 인식을 가지고 있었을 것이다. 그 반대편에 비관적 세계 인식이 있다. 세상은 모두 어둠에 쌓여 있고 우리는 그 어둠이 주는 고통을 말할 수 있을 뿐이라는 태도이다. 그 한 예를 기형도의 시에서 찾을 수 있다. 또 다른 한 가지의 방식이 있다. 그것을 흔히 비극적 세계 인식이라고 부른다. 비극적 세계 인식은 세상의 발전과 희망을 믿는다. 하지만 그 희망이 무엇인지 알 수 없고 찾을 수도 없다. 없는 희망과 이상을 위해 지금의 불행한 삶을 직시하며 끝까지 거기에 저항하는 태도, 이것이 바로 비극적 세계 인식이다. 세상을 살아가야 할 이유와 또 그 이유를 찾아가야 할 어떤 믿음이 있다고 생각하지만 지금의 현실에서는 그것의 존재를 찾을 수 없다. 이 모순적인 상황에서 살아갈 수밖에 없는 존재의 비극성을 인식하는 것, 이것이 바로 비극적 세계 인식이다.

완전한 천상의 세계에서 쫓겨난 근대 이후 시인들은 대부분 이 비극적 세계관을 가지고 있다. 그들은 세상의 고통을 누구보다도 더 잘 알고 있고 또 먼저 느끼지만 그것의 극복 방안을 알지 못하고 쉽사리 희망의 이데올로기에 빠져들지 못한다. 하지만 더 나은 세상에 대한 믿음을 저버릴 수 없기에 이 고통과 어둠을 끝없이 고발한다. 그 반대편 세상에 대한 목표와 기대를 가질 수 없지만 그러나 이 어둠 너머의 세상을 포기하지 못한 시시포스의 고통을 시인은 감내하고 있다.

2. 슬픔의 근원

우리가 사는 세상은 사실 슬픔이 지배하고 있다. 슬픔은 세상에 편재하고 있고 그것은 인간이 느끼는 가장 근본적인 정서이다. 슬픔은 욕망의 좌절이 가져오는 것이기에 욕망이 커질수록 더욱 커질 수밖에 없다. 욕망의 수와 양이 비약적으로 늘어나고 있는 지금의 사회에서 슬픔 역시 더욱 커질 수밖에 없는 것은 바로 이런 이유 때문이리라. 박산하 시인의 시들 역시 바로 이 현실의 어둠과 어둠이 만들어내는 슬픔에 근원을 두고 있다.

밧줄이 쉰다
물을 건진 거리만큼

바다를 물고 있는
수천만 개의 작은 문
누구나 들어올 수 있지만
나갈 땐 의지대로 나갈 수 없다는 걸

문을 물어뜯는다
주둥이가 헐고 집게발 삐걱하지만
좀체 열리지 않는다
작은 문을 거느린 큰 문의 빗장
빗장을 놓으면 바다는 헛것
죽음조차 건사할 힘이 없을 때
문은 이미 문이 아닌 것
고물에 걸린 따개비 잘라내듯
수만 개의 문을 자른다

덩그러니 남은 밧줄

그 위로 불개미 한 마리, 먹이를 끌고

나선형 골목을 기어간다

—「벼리」 전문

시인에게 세상은 그물의 세계이다. 우리는 이 촘촘한 그물의 세계에서 빠져나오지 못한다. 우리가 사는 삶이 어쩌면 모두 이 그물을 스스로 만들고 거기에 안주하거나 아니면 거기에 갇히지 않으려 끝까지 노력하고 사는 것인지 모른다. 그런데 시인은 그물에 갇힌 억압과 속박의 세계만으로 세상을 보지 않고, 그것을 벗어나려는 우리의 부단한 노력 속에 들어있는 고통과 슬픔을 말하고 있다. "문을 물어뜯"으며 "수만 개의 문을 자"르는 행위가 바로 이것이다. 그런데 정작 중요한 시적 발견은 마지막 연에서 드러난다. 그렇게 해서 그물을 벗어나는 것이 결코 행복과 자유와 희망의 세계로 진입하는 것이 아님을 보여 준다. 그것은 악착같은 폭력과 죽음의 그림자만을 남길 뿐이다. "덩그러니 남은 밧줄" 위를 먹이를 끌며 걷고 있는 "불개미 한 마리"의 이미지가 그것을 아주 잘 보여 준다.

이런 시선으로 세상을 볼 때 세계는 모두 겨울이다.

한때를 묵힐 줄 안다

온몸 뻗치던 푸른 열기

이제 함구할 줄도 안다

신이 나 뻥을 쳐도 웃던 결

삐끗거리면 절벽을 만난 물이 된다

벼랑으로 떨어진다면 이야기는 비극

떨어진 물방울은 깨어지거나 함몰이다

…(중략)…

풀색이 더 이상 빛을 받아들이지 않는

늪에도 방문객이 온다

우랄산맥을 넘어 온 방문객이 빙판을 톡톡 두드린다

툰드라 거위 털에 묻어온 한기 부려보지만

물과 얼음의 경계에서

입과 입을 맞댄 심장의 온기

그쪽이나 이쪽이나 춥기는 매한가지

—「겨울 늪」 전문

　한때의 열정과 심장의 온기도 감내할 수 없는 한기가 지배
하는 세상의 모습을 "겨울 늪"의 이미지로 그려낸 수작이다.
따뜻한 봄의 희망을 노래하거나 추위를 녹일 따뜻한 사랑의
가능성을 말한다는 것이 얼마나 현실과 동떨어져 있는가를
이 시는 차가운 이미지를 통해 우리에게 보여 주고 있다. 희
망을 말하지 않고 비극을 보여 주고 있다.

　하지만 비극적 세계관을 가진 시인은 이러한 세상의 비극
성에 쉽게 좌절하거나 패퇴하지 않는다. 세상의 어둠이 가로
놓여 있고 또 그것의 끝이 결코 쉬운 해피 엔딩으로 귀결되지

않으리라는 것을 잘 알지만 좌절과 슬픔을 의연하게 받아들이고 바로 그것을 통해 세상의 어둠에 저항한다.

다음 시의 멸치가 바로 그런 시인의 자세를 대변해 준다.

바닷속에 또 하나의 길이 있다

남해 지족해협

잔잔한 물길 속에 빠르게 흐르다

좁아지는 물길

멋모르고 들어온 꼴뚜기, 금세 검은 몸 색이다

뭇 생명, 길 한번 잘못 들었다가

그물 조여지고

막다른 골목, 함정이다

아귀는 어린 것 한입에 덥석 물고

힘센 것이 입을 벌리면 힘없는 것들은

살색이 변한다

살이 녹는다

이때쯤이면 어장주

사립문을 열고 울안으로 들어간다

그들에겐 죽음만이 살길

그래,

살았을 때보다 죽어야 대접받는다

온전한 몸으로 물기를 말리고

죽음에도 격이 있다는 거

흠 없이 죽어야 한다는 거

등이 굽어도 안 되지

꼿꼿하게 죽어서 나가는 섬이 있다

―「죽방 멸치」 전문

죽방 멸치는 그물로 잡지 않고 죽방이라는 대나무로 만든 도구를 이용해 잡은 멸치를 말한다. 일반 멸치에 비해 비늘이나 몸체에 손상이 없이 원형 그대로의 멸치를 유지할 수 있다고 한다. 또한 죽방 멸치라는 말은 그 의미와 상관없이 순전히 발성적인 차원에서 죽음을 연상한다. 시인은 이 두 이미지를 연결하여 흠 없고 격식 있는 멸치의 죽음을 떠올린다. 그리고 거기에서 세계의 끝이 죽음일 뿐이라는 비극적 인식 앞에서도 결코 좌절하거나 포기하지 않는 시인의 "꼿꼿하게 죽어"가는 삶의 자세를 바라본다.

다음 시에서의 고양이의 자세도 이와 다르지 않다.

어둠이 꽉 찬 절간, 매화나무 아래

소리로 먼저 다가와

바짓가랑이 사이로 파고든다

머리를 쓰다듬자 몸을 둥글게 만다

설움 같은 게 만져진다

수염을 만져도 그저 파고들기만 한다

발톱 같은 건 다 닳아 없어진 듯

뒷다리 하나가 없는 고양이

내내 따라다니며 어둠을 쫓는다

세 발로 서기까지

깨금발 뛰며 통증을 삭였을 것이다

한 다리의 무게만큼 몸에서 떼어내야 할 통각痛覺

그깟, 다리 하나 없는 것쯤이야

다리 둘 가진 짐승도 있는데 하나가 더 있다는 듯

절간을 어슬렁거리기만 해도

독한 마음 스르르 풀린다

쥐었다 놓아버린 고래 지느러미같이

채우기보다 한 귀 비워 두는

빈 그릇의 충만을 생각한다

어둠 차츰 옅어지고 나무가 나무로 보일 때쯤

적막을 흔들며 사라지는 고양이

공밥은 먹지 않는다는 몸짓이다

—「세 발 고양이」 전문

    고양이가 세 발만 남아있다는 것은 삶의 고통을 상징적으로 보여 주는 것이다. 그것은 삶의 상처이고 세상이 주는 폭력의 흔적이다. 하지만 그 고양이는 그 불편한 몸으로 두려움 없이 "어둠을 쫓는다". 그리하여 "적막을 흔들며" 침묵과 어둠에 저항하며 자신의 우아하고 당당한 몸짓을 유지한다. 그것은 바로 아무런 생산성 없는 시를 쓰면서도 "공밥은 먹지 않는다"고 자부하는 시인의 자부심과 다를 바 없다.

3. 소리들의 세계

　박산하 시인의 많은 시들에는 소리가 등장한다. 소리는 기록되지 못한다. 기록되는 순간 소리는 소리의 속성을 잃고 추상화된 기호나 문자가 되어버린다. 그러므로 그것은 순간적이고 일시적이어서 영속적인 진리를 드러내기 힘들다. 모든 진리와 율법이 돌에 새겨지고 책에 쓰여진 문자로 남아있는 것은 바로 이 때문이다. 소리는 변하고 사라지고 항상 그 존재가 의심되는 그런 것이다. 박산하 시인은 바로 이 소리들의 속성에 주목한다.

　　　태화강 십리대밭 속을 걸으면
　　　내 몸은 초록
　　　대와 대 사이 초록 가시
　　　몸에 돋는다

　　　분광된 초록
　　　강물에 번지고
　　　강바람이 대숲을 밀자
　　　우우우 빗소리

　　　　　　　　　　　　　　　—「초록비」전문

　이미지가 선명하게 드러나는 아름다운 작품이다. 태화강변의 대숲의 모습이 선명하게 그려진다. 하지만 그 이미지만

을 이 시가 보여 주었으면 아주 평범한 서경시가 되었을 것이
다. 시인은 이 풍경을 배경으로 마지막 연에서 우리에게 빗
소리를 들려준다. 이 빗소리를 통해 풍경의 현장성과 이 풍경
이 우리 눈앞에서 쉽게 사라질 것이라는 순간성을 느끼게 만
들어준다. 풍경은 그 풍경의 이미지나 그것을 개념화한 '아름
다움'이나 '청신함' 등의 말에 있지 않고 그 순간의 감각에만
진실로 살아있다는 것을 알게 해준다.

　다음 시에서는 이 점이 좀 더 도드라진다.

　　농밀한 밤,

　　어둠을 여는 소리

　　창가에 귀를 대면

　　소리는 있되, 얼굴이 없는

　　가늘고 가는 길 열어

　　문 두드리는 봄

　　휑한 가슴에

　　칼금 하나 쭈욱 긋고

　　달아나는 밤

　　　　　　　　　　　　　　　　　　　　　　—「소쩍」전문

　밤은 소리들의 세계이다. 시각이 무화된 밤의 공간에서 소
리가 모든 것을 보여 준다. 시인은 그것을 "소리는 있되, 얼
굴이 없는"이라고 표현하고 있다. 그런데 그 소리가 "칼금 하
나 쭈욱 긋고/ 달아나는" 시각적 이미지로 그려지고 있다. 소

리가 칼금을 긋는다는 것은 상당히 상징적인 표현이다. 그것은 소리가 말처럼 의미를 구성하게 되거나 소리가 어떤 신호가 되는 것을 거부하는 것을 말하는 것이기도 하다. 그것은 어둠에 흠집을 내는 행위이기도 하고 그것을 통해 부정적인 세상의 모습에 대한 저항의 표현이기도 하다. 소리는 의미화할 수 없는 어떤 에너지이고 세상을 변화시킬 또 다른 움직임의 현현이기도 하다. 시인이 시를 통해 이 소리에 천착하는 것은 바로 이 때문이다.

다음 시가 이 점을 아주 여실히 보여 준다.

서릿발 뽀드득거리는 들길 지나
산중 얼음 호수
겨울이 깊어갈수록 두꺼워지는 얼음
한쪽 여울로 흐르던 물길조차 좁아진다
물길 끊긴 얼음 지붕
된소리가 바람구멍으로 새어 나온다

터지는 소리
녹는 소리
깜깜한 방
강철 같은 천장
얼어붙은 벽

종내 물이 될 때

불어줄 한 방

입김이 있기에 기다릴 줄 안다

언젠가 캉캉의 무대를 꿈꾸며

킥킥 하이킥

—「겨울 판화」 전문

이 시에서도 세상은 비극적이다. 강철 같은 얼음이 지붕을 덮고 있고 온통 추위에 묶여 있는 겨울이 지배하고 있다. 그런데 이런 강퍅한 현실에서 시인이 할 수 있는 것은 소리를 듣는 것이다. 어둠과 고통이 세상을 지배하여 캄캄하고 차가운 비극적 현실이지만 그럴수록 거기에는 소리들이 더 크게 들린다. 그것은 말이나 글로 또는 어떤 이념으로 규정할 수 없는 어떤 역동적인 힘의 존재를 나타내는 것이다. 그리고 그러한 힘이 있어 세상은 변하고 얼음이 "물이 될" 시간이 다가오고 있다고 시인은 믿고 있다. 세상은 온통 비극이지만 그 비극 안에서 들려오는 소리를 듣는 시인의 이 예민한 감각과 불굴의 정신만이 비극 속에서 좌절하지 않는 유일한 길임을 시인 자신이 너무도 잘 알고 있다.

그러나 그 소리는 너무도 듣기 힘든 것이기도 하다.

거문고를 뜯는 소리라니

항아리 닮은 포구에서

곰보바위 속에 차있던 물이

목구멍 사이로 빠져나올 때

그 울림이 거문고 소리로 들린다는데
내 귀에는 거문고 소리 들리지 않는다

해당화 돈나무가 꽃을 피운 슬도 입구
풀들은 휘어지다 다시 서고
바위틈에 굽을 대로 굽은 해송 한 그루
바다를 빤히 본다
물이 빠져나가는 소리, 한 방울 한 방울
때론 빠르고 격하게
때론 느리고 보드라운
바다가 게워낸 울음 속에는
으스러지는 빙하의 울음
소화 못 한 고래의 눈물
물질하는 해녀의 숨소리
선박을 만드는 노동의 땀이
곰보바위 속에 잠시 머물다
빠져나갈 뿐이다

—「슬도에서」 전문

시인은 슬도의 전설 속에 나오는 거문고 소리를 쉽게 들을 수 없다. 사실은 거문고 소리를 듣지 못하는 것이 아니라 너무도 많은 소리를 듣고 있다. 물이 빠져나가는 자연의 소리부터 선박을 만드는 소리, 해녀의 숨소리까지 섬에서 나는 모든 소리가 시인의 감각에 포착된다. 그 소리 때문에 시인은 거문고 소리를 차마 듣지 못하고 있다. 만약에 전설의 거문고 소리가 있다면 바로 시인이 듣는 이 많은 현실의 소리들을 통해서라는 것을 시인은 이렇게 에둘러 표현하고 있다. 세상에 이상적인 소리, 가장 아름다운 소리가 있다면 그것은 관념과 의미로 존재하는 것이 아니라 이 순간의 소리들 속에 잠시 어렵게 그리고 희미하게 들려올 뿐이라는 것이다.

4. 맺으며

박산하 시인이 소리에 집중하며 소리를 시로 그려내는 작업을 계속한 것은 소리가 가지고 있는 어떤 속성 때문이다. 소리는 모든 개념에 저항한다. 아주 범박하게 설명하자면 개념과 의미화는 세상의 구체적 감각을 추상화시키고 그것은 법칙과 규범을 만들어 인간을 구속한다. 박산하 시인이 소리에 천착하는 것은 바로 이 개념화되지 않은 날것 그대로의 지금의 현실을 보여 주기 위해서이다. 물론 소리를 기록한다는 것은 모순이다. 기록되는 순간 소리는 소리가 아니라 문자가 되기 때문이다. 문자화되지 않는 소리를 위해 박산하 시인은 끊임없이 소리의 불안한 변화와 그 사라지기 쉬운 순간성을 보여 준다. 그것을 통해 우리가 사는 세상이 의미화할 수 없는 복잡하고 변화무쌍한 삶인지를 감각적으로 드러내고 있다.

또한 소리는 앞서 설명한 비극적 세계 인식과도 긴밀한 관

련을 맺고 있다. 비극적 세계 인식은 세계의 전망과 삶의 희망적 목표를 쉽게 설정하지 못한다. 애초에 그런 것을 상실한 세상에서 살고 있기 때문이다. 쉽게 희망과 이상을 내세울 수 없지만 현실의 어둠을 직시하면서 그것에 끝없이 거부하고 저항하는 자세 그것이 바로 비극적 세계 인식이다. 소리는 바로 이 비극적 세계 인식에서 세상을 견디는 단 하나의 힘이고 그 힘의 움직임을 보여 주는 어떤 징표이다. 규정하거나 문자화할 수 없어 희망이나 이념이 되지 못하지만 그러나 거역할 수 없는 세상의 변화에 대한 기대 그것이 바로 소리들이다. 박산하 시인의 이번 시집은 바로 이런 소리들의 세상이다.

그리고 시인은 바로 이 소리들을 지키는 파수꾼이다.

구멍 난 잎사귀 사이로 별이 지나갈 때
소리를 잡아내는 촉
마을회관 뒷길로
늦은 귀갓길 고무신 끄는 소리에 컹, 커엉, 컹컹
소리의 각도마다 귀를 구부려
사과밭을 지키는 소리, 소리의 그물망
—「소리의 쓰임새」부분

이 소리들은 윤동주가 예전에 썼던 지조 높게 밤을 지키는 개 짖는 소리이기도 하고 밤을 벗어나고자 하는 시인의 외침이기도 하고 각도마다 그 모습을 달리하는 세상의 고통의 표현이기도 하다. 박산하 시인처럼 누군가 이 소리를 지키고

있어 아직 세상은 어둠이 완전히 지배하지 못하고 있는 것인
지도 모른다.

천년의시인선